Juan Valera

La muñequita

Barcelona **2024**
Linkgua-ediciones.com

Créditos

Título original: La muñequita.

© 2024, Red ediciones S.L.

e-mail: info@linkgua.com

Diseño de cubierta: Michel Mallard.

ISBN rústica: 978-84-9816-329-2.
ISBN ebook: 978-84-9897-954-1.

Sumario

Créditos _____ **4**

Brevísima presentación _____ **7**
   La vida _____7

La muñequita _____ **9**

Libros a la carta _____ **15**

Brevísima presentación

La vida
Juan Valera (18 de octubre de 1824, Cabra). España.

Era hijo de José Valera y Viaña, oficial de la Marina, y de Dolores Alcalá-Galiano y Pareja, marquesa de la Paniega. Tuvo dos hermanas, Sofía y Ramona y un hermanastro: José Freuller y Alcalá-Galiano.

Su padre vivió de joven en Calcuta y adoptó posiciones liberales. Por ello fue removido de su puesto. Tras la muerte de Fernando VII en 1834, el nuevo gobierno liberal fue rehabilitado y se le nombró comandante de armas de Cabra y después gobernador de Córdoba.

La madre se opuso a que Juan Valera siguiera la carrera militar. Este estudió Lengua y Filosofía en el seminario de Málaga, entre 1837 y 1840, y en el colegio Sacromonte de Granada, en 1841. Luego estudió Filosofía y Derecho en la Universidad de Granada, donde se graduó en 1846.

En 1844 publicó primer libro de poemas. Leyó mucha poesía, y en particular a José de Espronceda, y a los clásicos latinos: Catulo, Propercio y Horacio. Hacia 1847 empezó a ejercer la carrera diplomática en Nápoles con el embajador Ángel de Saavedra, duque de Rivas. Vuelto a Madrid, frecuentó las tertulias y los círculos diplomáticos a fin de conseguir un puesto como funcionario del Estado.

Así viajó por Europa y América. En Lisboa empezó su amor por la cultura portuguesa y por el iberismo político y en Río de Janeiro tomó apuntes para su novela *Genio y figura*. De regreso a España, empezó a escribir y publicar ensayos en 1853 en la *Revista Española de Ambos Mundos*; en 1854 fracasó en un intento de ser diputado, y por entonces estuvo en los consulados de España en Frankfurt y Dresde con el cargo de secretario de embajada.

Hacia 1857 se fue seis meses con el duque de Osuna a San Petersburgo; polemizó con Emilio Castelar en *La Discusión*, y escribió su ensayo *De la doctrina del progreso con relación a la doctrina cristiana*. Asimismo, tras ser elegido diputado por Archidona en 1858, escribió en numerosas revistas como redactor, colaborador o director.

El 5 de diciembre de 1867 se casó en París con Dolores Delavat, veinte años más joven y natural de Río de Janeiro, y tuvo tres hijos: Carlos Valera, Luis Valera y Carmen Valera, nacidos en 1869, 1870 y 1872.

Durante la Revolución española de 1868 fue un cronista de los hechos y escribió los artículos «De la revolución y la libertad religiosa» y «Sobre el concepto que hoy se forma de España».

Juan Valera fue elegido senador por Córdoba en 1872 y en ese mismo año fue director general de Instrucción pública; en 1874 publicó su obra más célebre, *Pepita Jiménez* y, en esa época, conoció a Marcelino Menéndez Pelayo, con quien hizo gran amistad.

En 1895 perdió casi por completo la vista, se jubiló y volvió a Madrid; allí publicó *Juanita la Larga* (1895), y *Morsamor* (1899); frecuentó diversas tertulias y tuvo una en su propia casa.

Valera fue elegido miembro de la Academia de Ciencias Morales y Políticas en 1904. Murió en Madrid el 18 de abril de 1905 y fue enterrado en la sacramental de San Justo.

Sus restos fueron exhumados en 1975 y llevados al cementerio de Cabra.

La muñequita

Hace ya siglos que en una gran ciudad, capital de un reino, cuyo nombre no importa saber, vivía una pobre y honrada viuda que tenía una hija de quince abriles, hermosa como un Sol y cándida como una paloma.

La excelente madre se miraba en ella como en un espejo, y en su inocencia y beldad juzgaba poseer una joya riquísima que no hubiera trocado por todos los tesoros del mundo.

Muchos caballeros, jóvenes y libertinos, viendo a estas dos mujeres tan menesterosas, que apenas ganaban hilando para alimentarse, tuvieron la audacia de hacer interesadas e indignas proposiciones a la madre sobre su hermosa niña; pero ésta las rechazó siempre con aquella reposada entereza que convence y retrae mil veces más que una exagerada y vehemente indignación. Lo que es a la muchacha nadie se atrevía a decir los que suelen llamarse con razón atrevidos pensamientos. Su candor y su inocencia angelical tenían a raya a los más insolentes y desalmados. La buena viuda además estaba siempre hecha un Argos, velando sobre ella.

Aconteció, pues, que la fama de las rarísimas y altas calidades de la muchacha llegó a oídos del rey, el cual, como mozo y apasionado, quiso verla, y, habiéndola visto, se enamoró locamente. Su majestad se valió, según costumbre, de su primer chambelán o gentilhombre, persona muy discreta, sigilosa e insinuante, para que interviniese en este negocio y allanase obstáculos; pero toda la habilidad de aquel experimentado paraninfo y todo el mar de dinero en que prometía hacer nadar a la viuda y a su hija fueron a estrellarse contra la inaudita virtud de ambas, más firme que una roca. El ultimátum con que se terminaron tan importantes negociaciones estaba concebido y expresado en estos términos por la buena de la viuda: «Si S. M. quiere venir a mi casa con el cura, que venga cuando guste; mi hija tendrá a mucha honra ser la reina, su esposa; pero si S. M. piensa que ha de lograr algo de otra suerte, se equivoca muy mucho».

En una época de severas virtudes, ya que no de virtudes severas, de sentimientos democráticos, aquella contestación hubiera sido aplaudida; mas entonces había tal corrupción en las costumbres y era tal el espíritu aristocrático y de subordinación a las altas jerarquías sociales, que el rey, los cortesanos, las damas y pueblo todo, para no indignarse de los humos de la viuda y de su hija, determinaron reírse y declararlas tonti-locas, llamándolas las cogotudas hambrientas, las reinas andrajosas, las pereciendo por su gusto y otros dictados y títulos de escarnio. No podían las tristes tocar siquiera el ándito de la casa en que vivían sin verse poco menos que silbadas y abochornadas. Cuando iban a misa los domingos, decían las comadres al verlas pasar:

—Ahí va la reina; miren qué majestad y qué entono. ¿Cómo puede ir tan tiesa con el estómago vacío?

Con lo cual y con otras frases del mismo género apuraban y hacían llorar a la chica, que era más bendita que el pan, y que no sabía soltar la lengua y contestarles su merecido.

Ella y su madre tenían una paciencia y una dulzura a toda prueba y nunca se exacerbaban con los malos tratamientos, ni se arrepentían de haber despreciado tan buena ocasión de hacerse ricas.

La muchacha, no contenta con ser sufrida y perdonar las injurias, era en extremo amorosa para con todos. A los mismos seres inanimados o al parecer inanimados se extendía su caridad. Amaba las flores, los árboles, las estrellas, las nubes y hasta las chinitas del río. A nadie le hacía daño, antes procuraba hacer todo el bien posible. Mas esto no mejoraba, sino empeoraba su suerte. No teniendo ya quién le diese qué hilar para mantenerse, tuvo que ir a trabajar al campo en compañía de su madre, donde ora cogiendo aceitunas, ora espigando, ora en otras más recias faenas, se tostaba su linda cara con los rayos del Sol, se encallecían sus blancas y delicadas manos y se entristecía su alma, oyendo que de continuo la llamaban por mofa la reina.

Un día, esta infeliz, que estaba escardando en una haza, sacó de la tierra, al revolverla con el almocafre, una muñequita muy vieja, estropeada, sucia y desnuda; pero, en vez de despreciar a la muñequita y apartarla de sí con asco, la miró con la más tierna compasión, la tomó en sus brazos, la hizo mil cariños y se la llevó a su casa. Allí la lavó y la peinó con el mayor esmero, la cosió o curó las roturas o heridas que tenía en diferentes partes de su pequeño cuerpo y la dejó como nueva. Con los harapos más limpios y vistosos que pudo hallar a mano le hizo, por último, un vestido si no elegante, aseado y garbosito.

La muñeca casi estaba bonita con sus recientes adornos y se diría que sonreía agradecida a su señora, la cual seguía queriéndola mucho, abrazándola y hasta acostándola consigo en la misma cama.

Animada la muñeca con los repetidos y extraordinarios favores que le prodigaba su ama, acabó de perder la cortedad, y por las noches, con mucho recato y cuando la viuda estaba durmiendo (porque la viuda dormía en el mismo cuarto que su hija), rompía a hablar y tenía con la muchacha las más agradables e inocentes conversaciones.

La muñeca pedía a veces algo de comer, y la muchacha buscaba para ella lo mejorcito que había en la casa.

Es innegable que todo esto tenía bastante de sobrenatural; mas para la candidez de la chica, única persona que lo sabía, lo natural y lo sobrenatural eran una misma cosa, que no despertaba en su espíritu ni sobresalto ni extrañeza.

Por dicha, la viuda, su madre, que sabía mucho más de las cosas del mundo, se quedó desvelada una noche, oyendo con asombro y admiración que hablaba la muñeca y, conjeturando que debía ser obra del diablo, determinó pegarla fuego en cuanto amaneciese.

La viuda hubiera indudablemente realizado tan cruel proyecto si su hija, con lágrimas y ruegos, no la hubiese disuadido. La muchacha no consiguió, sin embargo, quedarse con la muñeca en casa. La viuda no la había perdonado del todo, solo había conmutado la pena de muerte, que en un principio impuso, en la de destierro perpetuo.

La muñeca salió, pues, desterrada y fue a parar a casa de una primita de nuestra heroína, a quien ésta se la confió, rogándole que la cuidase mucho, que hablase con ella y que la diese de comer. La primita prometió hacerlo así, mas no por eso dejó de estar a la mira su verdadera dueña, que iba, de vez en cuando, a visitar a la muñeca que estaba en la nueva casa, cuando tuvo lugar un suceso, si no del todo inesperado, un poco extraordinario.

Ya se sabía que la muñeca se alimentaba, lo cual no deja de ser singularísimo en una muñeca; pero no se sabían las consecuencias que pudieran derivarse de la mencionada premisa, cuando una noche, estando la muñequita acostada con la prima, pidió, con voz clara e inteligible, lo que no siempre piden los niños pequeñuelos y lo que tanto se agradece y celebra que tomen la costumbre de pedir. Hizo, en efecto, lo que pedía, donde a la prima le pareció más conveniente que lo hiciera, y ésta se quedó pasmada cuando advirtió que era oro purísimo en no muy menudos granos lo que la muñeca acababa de hacer.

A la mañana siguiente supo la novedad la madre de la prima, vio el oro, se inflamó su codicia y determinó no decir a sus parientes nada de lo acontecido, aprovechándose de la excelente propiedad de la muñequita para hacerse poderosa. Con este propósito fue al mercado, compró de las mejores cosas que había de comer y atracó de lo lindo a su encantada huéspeda. Aquella noche no le dejó dormir con su hija, sino que la acostó consigo, adornando la cama con una rica colcha de damasco que ponía en el balcón los días de procesión y con sábanas finas de farfalaes bordados.

A media noche pidió la muñequita lo que había pedido la noche anterior. La mujer, que esperaba el oro con impaciencia y que para verlo había dejado el candil encendido, le contestó: «Hazlo ahí, mis amores», y no bien lo dijo, la muñequita empezó a hacerlo en gran abundancia. Pero, ¿cuál no sería la ira de aquella avarienta mujer, cuando notó, vio y olió, en vez de la materia que esperaba, otra del todo diversa y desagradable al olfato? En su furor, agarró por una pierna a la muñequita y la dio de golpes contra las paredes. Abriendo, por último, la ventana de su alcoba, la tiró por ella con violencia tan prodigiosa, que la pobre muñequita anduvo por el aire más de tres o cuatro minutos y fue al cabo a dar con su magullado cuerpo en el corral de palacio.

Llegó en esto la mañana, y el rey, que solía entregarse a los mayores excesos sin respeto a Dios ni a los hombres, se despertó harto mal de salud, y, como es natural, bajó al corral a desahogarse un poco. Se ignora si fue casualidad o providencia, pero es lo cierto que el rey se puso a hacer lo que era necesario justamente encima de la muñeca.

Allí fue ella. La muñequita, incomodada, le agarró un bocado feroz. Su majestad creyó que era algún bicho y salió corriendo y gritando, porque le dolía lo que no es decible. Vinieron todos los cirujanos de cámara y no pudieron conseguir que la muñequita soltase su presa. El rey ponía el grito en el cielo y a cada momento se sentía peor. La reina madre estaba tan desconsolada, que se la podía ahogar con un cabello. Todos empezaron a temer por la vida del rey.

Entonces no hubo más remedio que publicar un bando en el cual se decía que se darían los premios más exorbitantes al hombre que curase al rey y que éste, arrepentido ya de su mala vida, quería casarse, si Dios le sacaba con bien de aquella enfermedad, y prometía su mano de esposo, no morganáticamente, sino con todas las prerrogativas anejas, a cualquiera mujer que tuviese virtud bastante para libertarle de aquella odiosa muñequita, que no le dejaba tomar asiento en el trono y que le tenía postrado en la cama echando espumarajos por la boca, como hombre entregado a todos los diablos.

No hay que jurarlo para que todos lo crean. Era un diluvio de personas de ambos sexos las que, incitadas de tan enormes recompensas, vinieron a curar al rey; pero fue en vano; ninguna lo consiguió. Al fin, nuestra pobre amiga, la escarnecida ama de la muñeca, más por caridad y singular afecto que al rey tenía, a pesar del delito de éste en quererla seducir y en burlarse de ella, no habiéndolo logrado, que con intención de llegar a ser reina vino a palacio como un ángel bienhechor, tocó a la muñequita, la habló cariñosamente y la muñequita soltó lo que tan apretado tenía.

Agradecido el rey, a tanto favor, se casó con nuestra amiga. Así triunfó su virtud y su inocencia. Los que por burla la llamaban reina, tuvieron que llamarla reina de veras. A la excelente viuda la hicieron princesa de la sangre, con título de alteza serenísima. Al primer chambelán o gentilhombre lo pasearon por la ciudad, caballero en un burro y emplumado. Y en cuanto a la muñequita, solo tenemos que añadir que, cumplida ya su misión, dejó de hablar, de morder y de hacer las demás operaciones impropias de una muñeca. La reina, sin embargo, la conservó cuidadosamente vestida con riquísimos trajes.

Aun en el día, después de tantos siglos como han pasado, la muñeca se custodia y muestra a los viajeros en el museo de antigüedades de la capital en que estas cosas acontecieron.

Viena, 1894.

Libros a la carta

A la carta es un servicio especializado para
empresas,
librerías,
bibliotecas,
editoriales
y centros de enseñanza;
y permite confeccionar libros que, por su formato y concepción, sirven a los propósitos más específicos de estas instituciones.

Las empresas nos encargan ediciones personalizadas para marketing editorial o para regalos institucionales. Y los interesados solicitan, a título personal, ediciones antiguas, o no disponibles en el mercado; y las acompañan con notas y comentarios críticos.

Las ediciones tienen como apoyo un libro de estilo con todo tipo de referencias sobre los criterios de tratamiento tipográfico aplicados a nuestros libros que puede ser consultado en Linkgua-ediciones.com.

Linkgua edita por encargo diferentes versiones de una misma obra con distintos tratamientos ortotipográficos (actualizaciones de carácter divulgativo de un clásico, o versiones estrictamente fieles a la edición original de referencia).

Este servicio de ediciones a la carta le permitirá, si usted se dedica a la enseñanza, tener una forma de hacer pública su interpretación de un texto y, sobre una versión digitalizada «base», usted podrá introducir interpretaciones del texto fuente. Es un tópico que los profesores denuncien en clase los desmanes de una edición, o vayan comentando errores de interpretación de un texto y esta es una solución útil a esa necesidad del mundo académico.

Asimismo publicamos de manera sistemática, en un mismo catálogo, tesis doctorales y actas de congresos académicos, que son distribuidas a través de nuestra Web.

El servicio de «libros a la carta» funciona de dos formas.

1. Tenemos un fondo de libros digitalizados que usted puede personalizar en tiradas de al menos cinco ejemplares. Estas personalizaciones pueden ser de todo tipo: añadir notas de clase para uso de un grupo de estudiantes,

introducir logos corporativos para uso con fines de marketing empresarial, etc. etc.

2. Buscamos libros descatalogados de otras editoriales y los reeditamos en tiradas cortas a petición de un cliente.

www.ingramcontent.com/pod-product-compliance
Lightning Source LLC
Chambersburg PA
CBHW030532130626
46552CB00008B/3218